Üben 1

Welche Buchstaben gehören in die Lücken? Ergänze das Alphabet.

A _ _ _ E _ _ _ _ _ K

_ _ _ _ _ _ R _ _ _ _

W _ _ Z

Üben 2

In diesen Alphabetschnecken fehlen immer zwei Buchstaben. Schreibe sie auf und bilde daraus das Lösungswort.

ABCDEFGHIJ_ _MNOPQRSTUVWXYZ

_BCDEFGHIJKLMNOPQR_TUVWXYZ

ABCD_FGHIJKLMNOPQR_TUVWXYZ

Lösungswort: EINFACH _ _ _ _ _ _ !

Das Alphabet

Lösung 1 Für 0 Fehler im Alphabet gibt es 2 Punkte. Für 1 Fehler gibt es noch 1 Punkt. Bei mehr Fehlern gibt es keinen Punkt.

A **B C D** E **F G H I J** K **L M N O P Q** R **S T U V** W **X Y** Z

Lösung 2 Für jeden gefundenen fehlenden Buchstaben gibt es 1 Punkt. Für das Lösungswort gibt es ebenfalls 1 Punkt.

1. Schnecke: K, L
2. Schnecke: A, S
3. Schnecke: E, S

Lösungswort: EINFACH KLASSE!

Üben 1 ___ Punkte   Üben 2 ___ Punkte

Üben 3 Schreibe diese Sportarten nach dem Alphabet geordnet auf.

Fußball | Ballett | Hockey

Judo | Golf | Schwimmen

....

....

....

Üben 4 Diese Wörter beginnen mit dem gleichen Buchstaben. In welcher Reihenfolge stehen sie im Wörterbuch? Trage die Nummern ein.

☐ Freund | ☐ fangen | ☐ Fluss

2 Fisch | ☐ Foto

Lösung 3 Sind alle Wörter richtig geordnet, gibt es 6 Punkte. Für jedes falsch eingeordnete Wort wird ein Punkt abgezogen.

Ballett, Fußball, Golf, Hockey, Judo, Schwimmen

Lösung 4 Für jedes richtig nummerierte Wort gibt es 1 Punkt.

5 Freund

1 fangen

3 Fluss

2 Fisch

4 Foto

TIPP

Achte beim Ordnen von Wörtern nach dem Alphabet zunächst auf die Anfangsbuchstaben. Beginnen die Wörter mit dem gleichen Buchstaben, achte auf den zweiten.

Üben 3 ___ Punkte Üben 4 ___ Punkte

Üben 5 In diesem Wort sind alle fünf Selbstlaute versteckt. Kreise sie ein und schreibe sie auf.

A U T O R E I F E N

Üben 6 Verbinde, was zusammengehört. Setze in jede Lücke den richtigen Umlaut ein.

eine Kuh

ein Apfel

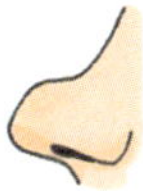

eine Nase

viele _pfel

viele Kühe

ein N_schen

ein Kuss

ein Vogel

eine Blume

ein Bl_mchen

viele V_gel

viele K_sse

Grundwissen

Selbstlaute und Umlaute

Lösung 5 Für jeden Selbstlaut gibt es 1 Punkt.

A U O E I

Lösung 6 Für jedes richtige Paar gibt es 1 Punkt.

eine Kuh – viele K**ü**he
ein Apfel – viele **Ä**pfel
eine Nase – ein N**ä**schen
ein Kuss – viele K**ü**sse
ein Vogel – viele V**ö**gel
eine Blume – ein Bl**ü**mchen

TIPP

Selbstlaute sind Buchstaben, die ohne die Hilfe eines anderen Lautes klingen. Auch **Ä/ä**, **Ö/ö** und **Ü/ü** sind Selbstlaute, nur mit Pünktchen. Man nennt sie Umlaute. Bei manchen Wörtern braucht man einen Umlaut, um die Mehrzahl zu bilden.

Üben 5 ___ Punkte Üben 6 ___ Punkte

Üben 7 Wie viele Mitlaute haben die Wörter?

Kreise die Mitlaute ein und notiere die Anzahl.

Schule	4	Marmorkuchen	
Hund		Stofftier	
Geburtstag		Pirat	

Üben 8 Hier siehst du nur die Mitlaute von Wörtern.

Kannst du die Wörter erkennen? Lies laut und schreibe sie mit Selbstlauten auf.

Bll: der ....

Tr: das ....

Rsn: der ....

Mnnschft: die ....

Wltmstrschft: die ....

Lösung 7 Für jede richtige Anzahl gibt es 1 Punkt.

Schule	4	Marmorkuchen	8
Hund	3	Stofftier	6
Geburtstag	7	Pirat	3

Lösung 8 Für jedes richtige Wort gibt es 1 Punkt.

Bll: der B**a**ll
Tr: das T**o**r (oder: das T**ie**r)
Rsn: der R**a**s**e**n
Mnnschft: die M**a**nnsch**a**ft
Wltmstrschft: die W**e**ltm**ei**st**e**rsch**a**ft

TIPP

Mitlaute können nicht alleine klingen. Sie brauchen die Hilfe eines Selbstlauts oder Umlauts.

Üben 9 Jede Silbe muss einen Selbstlaut oder Umlaut haben. Untersuche die Wörter. Setze dazu Silbenbögen und markiere die Selbstlaute und Umlaute. Schreibe die fehlenden Buchstaben auf.

Mantelknpfe	es fehlt	ö
Sonnenblmenkerne	es fehlt	....
Kinderkranknschwester	es fehlt	....
Lwenkäfigeingangstr	es fehlen	....
Baustellenausfhrt	es fehlt	....
Pausnbrotdosendeckl	es fehlen	....
Schwimmbadeintrttskarte	es fehlt	....
Geburtstgskuchnrezept	es fehlen	....

Grundwissen

Silben erkennen und untersuchen

Silben erkennen und untersuchen

Lösung 9 Für jedes Wort mit richtigen Silbenbögen und Markierungen gibt es 1 Punkt. Für jeden gefundenen fehlenden Buchstaben gibt es ebenfalls 1 Punkt.

Mantelknpfe	es fehlt	ö
Sonnenblmenkerne	es fehlt	u
Kinderkranknschwester	es fehlt	e
Lwenkäfigeingangstr	es fehlen	ö, o
Baustellenausfhrt	es fehlt	a
Pausnbrotdosendeckl	es fehlen	e, e
Schwimmbadeintrttskarte	es fehlt	i
Geburtstgskuchnrezept	es fehlen	a, e

Üben 10

Setze die Silben zu Wörtern zusammen. Schreibe die Wörter nach Silben getrennt auf. Sprich beim Schreiben mit. Du findest alle Lösungen im Bild.

HE SCHU
~~HAUS~~

Haus		

ZEN RAN
SCHUL

WET GEN
RE TER

GE VOR
STAN
HANG

Wörter in Silben aufschreiben

Lösung 10 Für jedes richtig aufgeschriebene Wort gibt es 1 Punkt.

Haus	schu	he	
Schul	ran	zen	
Re	gen	wet	ter
Vor	hang	stan	ge

TIPP

Das deutliche Mitsprechen in Silben hilft dir, beim Schreiben keinen Buchstaben zu vergessen. Wenn du flüsterst, störst du in der Schule auch deinen Nachbarn nicht.

Üben 11 Trage in die Lücken **sch**, **ng** oder **ch** ein.

Na.........t

wei.........

wi.........en

di.........t

fa.........en

Ti.........

Ta.........e

Schla.........e

fre.........

bri.........en

Stor.........

fri.........

Kä.........uru

Üben 12 Ergänze auch bei diesen Wörtern **sch**, **ng** oder **ch**. Es gibt immer zwei Lösungen.

Kir............e oder Kir............e

Wa............e oder Wa............e

Bu............ oder Bu............

wa............en oder wa............en

Buchstabenverbindungen sch, ng, ch

Lösung 11 Für jedes richtige Wort gibt es 1 Punkt.

Na**ch**t, wei**ch**, wi**sch**en, di**ch**t, fa**ng**en, Ti**sch**, Ta**sch**e, Schla**ng**e, fre**ch**, bri**ng**en, Stor**ch**, fri**sch**, Kä**ng**uru

Lösung 12 Für jedes richtige Wort gibt es 1 Punkt.

Kir**ch**e oder Kir**sch**e
Wa**ng**e oder Wa**ch**e
Bu**ch** oder Bu**sch**
wa**sch**en oder wa**ch**en

TIPP

In der deutschen Sprache braucht man manchmal mehrere Buchstaben für einen einzigen Laut.

sch – die Flasche ng – der Ring ch – das Dach

Üben 11 ___ Punkte Üben 12 ___ Punkte

Üben 13 Hier sind die Buchstaben durcheinandergeraten. Ordne sie und schreibe das Wort unten auf.

Wörter mit **sch**: ....

....

Wörter mit **ng**: ....

....

Wörter mit **ch**: ....

....

Buchstabenverbindungen sch, ng, ch

Lösung 13 Für jedes richtig zusammengesetzte und aufgeschriebene Wort gibt es 1 Punkt.

Wörter mit sch: abwaschen, schütteln, schneiden
Wörter mit ng: Stange, Zange, anfangen
Wörter mit ch: Kuchen, Koch, Milch

Üben 13 ☐ **Punkte**

Üben 14 Trage die Wörter in die passenden Kästchen ein.

~~Spiegelbild~~ Spaß stehen sprechen

Stroh Stadt Spannung

Strandkorb sparen Sturm

Spiegelbild

Sp/sp und St/st im Anlaut

Lösung 14 Für jedes richtige Wort gibt es 1 Punkt.

Stroh	Spiegelbild
stehen	sprechen
Spaß	Spannung
sparen	Strandkorb
Stadt	Sturm

TIPP

Wörter, die du am Anfang mit (schp) oder (scht) sprichst, schreibst du mit **Sp/sp** oder **St/st**.

die **Sp**ur die **St**ange

Üben 14 Punkte

Üben 15 Schreibe die Reimwörter mit **Sp/sp** oder **St/st** an die richtige Stelle.

stürzen · Stamm · Stange · Spatz · Spritze · ~~Stein~~ · springen

Bein	Wein	Stein
Kamm	Schwamm	....
singen	klingen	....
würzen	kürzen	....
Hitze	Witze	....
Satz	Latz	....
Wange	lange	....

Sp/sp und St/st im Anlaut

Lösung 15 Für jedes richtige Reimwort gibt es 1 Punkt.

Bein, Wein, Stein
Kamm, Schwamm, Stamm
singen, klingen, springen
würzen, kürzen, stürzen
Hitze, Witze, Spritze
Satz, Latz, Spatz
Wange, lange, Stange

Üben 16

Trenne das Blatt vom Block ab. Sieh dir das erste Wort genau an und schreibe es ab. Knicke das Blatt an der grünen Linie nach hinten um und schreibe das Wort auswendig auf. Kontrolliere und mache mit dem nächsten Wort weiter.

die Qualle  .... | ....

das Aquarium .... | ....

der Quark  .... | ....

quietschen .... | ....

quatschen  .... | ....

die Kaulquappe .... | ....

Wörter mit Qu/qu

Lösung 16 Für jedes auswendig richtig aufgeschriebene Wort gibt es 1 Punkt.

Kontrolliere anhand der Wörter auf der Vorderseite.

TIPP

Hörst du beim Sprechen eines Wortes den Laut (kw), musst du das Wort immer mit **Qu/qu** schreiben.

die **Qu**elle   **qu**engeln

Üben 16 ☐ **Punkte**

Üben 17 Schreibe die Wörter mit Artikel in die Tabelle.
Kreuze an, wie das **V** am Anfang klingt.

~~Ventil~~ Verband Vulkan Vase

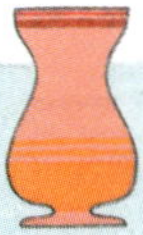

Volk Vampir

Vogelhaus Vornome

	W	F
das Ventil	X	

V/v im Anlaut

Lösung 17 Für jedes richtig aufgeschriebene Wort mit richtigem Kreuz gibt es 1 Punkt.

	W	F
das Ventil	X	
der Verband		X
der Vulkan	X	
die Vase	X	
das Volk		X
der Vampir	X	
das Vogelhaus		X
der Vorname		X

Üben 18 Setze die Wörter richtig in die Lücken ein.

viele vierhundert vier vierzehn vierzig

Ein Glückskleeblatt hat .... Blätter.

.... ist das Doppelte von sieben.

Im Meer leben .... Fische.

Mama wird bald .... Jahre alt.

Opa besitzt über .... Bücher.

Üben 19 Finde vier weitere Zahlwörter, die mit v beginnen. Schreibe sie auf.

....

....

....

V/v im Anlaut

Lösung 18 Für jedes richtige Wort gibt es 1 Punkt.

Ein Glückskleeblatt hat **vier** Blätter.
Vierzehn ist das Doppelte von sieben.
Im Meer leben **viele** Fische.
Mama wird bald **vierzig** Jahre alt.
Opa besitzt über **vierhundert** Bücher.

Lösung 19 Für jedes richtige Zahlwort mit v gibt es 1 Punkt.

Mögliche Lösungen sind alle Zahlwörter, die mit vier beginnen, z. B. **vier**undfünfzig, **vier**hundertdrei usw.

Üben 18 Punkte Üben 19 Punkte

Üben 20 Der Zauberer kann aus einer Sache viele zaubern. Schreibe die Mehrzahl auf. Markiere au/äu und a/ä.

ein Kraut – viele Kräuter ....

eine Maus – viele ....

ein Strauch – viele ....

ein Klang – viele ....

ein Land – viele ....

Der Zauberer kann auch alles klein zaubern:

die Katze – das Kätzchen ....

das Hexenhaus – das ....

die Tasse – das ....

der Zauberstab – das ....

die Pause – das ....

Wörter mit äu und ä

Lösung 20 Für jedes richtige Wortpaar mit Markierung gibt es 1 Punkt.

ein Kraut – viele Kräuter, eine Maus – viele Mäuse,
ein Strauch – viele Sträucher, ein Klang – viele Klänge,
ein Land – viele Länder

die Katze – das Kätzchen
das Hexenhaus – das Hexenhäuschen
die Tasse – das Tässchen
der Zauberstab – das Zauberstäbchen
die Pause – das Päuschen

TIPP

Aus **au** wird oft in der Mehrzahl und in der Verkleinerungsform **äu**. Aus **a** wird oft **ä**.

Baum Bäume Bäumchen
Hand Hände Händchen

Üben 21 Trage **äu** oder **eu** in die Lücke ein. Suche ein verwandtes Wort mit **au**. Findest du keinen Verwandten mit **au**, kontrolliere, ob du **eu** eingetragen hast.

viele L ä u se	Verwandter	eine Laus
viele B e u len	Verwandter	–
viele R __ __ me	Verwandter	....
ein H __ __ schen	Verwandter	....
viele B __ __ che	Verwandter	....
viele B __ __ tel	Verwandter	....
viele Z __ __ ne	Verwandter	....
ein B __ __ mchen	Verwandter	....
viele L __ __ te	Verwandter	....
viele M __ __ se	Verwandter	....

Wörter mit äu

Lösung 21 Für jede richtige Zeile gibt es 1 Punkt.

die L**äu**se	Verwandter	eine Laus
die B**eu**len	Verwandter	–
viele R**äu**me	Verwandter	ein Raum
ein H**äu**schen	Verwandter	ein Haus
viele B**äu**che	Verwandter	ein Bauch
viele B**eu**tel	Verwandter	–
viele Z**äu**ne	Verwandter	ein Zaun
ein B**äu**mchen	Verwandter	ein Baum
viele L**eu**te	Verwandter	–
viele M**äu**se	Verwandter	eine Maus

TIPP

Nur durch genaues Hinhören kannst du **eu** und **äu** nicht unterscheiden. Findest du aber einen Verwandten mit **au**, weißt du, dass du **äu** schreiben musst.

Üben 22 Prüfe durch lautes Sprechen, ob die Buchstaben hart oder weich klingen, und ordne sie zu.

B/b   P/p   T/t   G/g   D/d   K/k

hart klingend   weich klingend

Üben 23 Klingen die Wörter am Anfang hart oder weich? Mache die Pusteprobe und trage den richtigen Buchstaben ein.

B/b oder P/p?	D/d oder T/t?	G/g oder K/k?
lume	ag	anne
umpe	rache	orken
latt	ach	locke
rett	iktat	ift

Harter und weicher Anlaut

Lösung 22 Für jede richtige Zuordnung gibt es 1 Punkt.

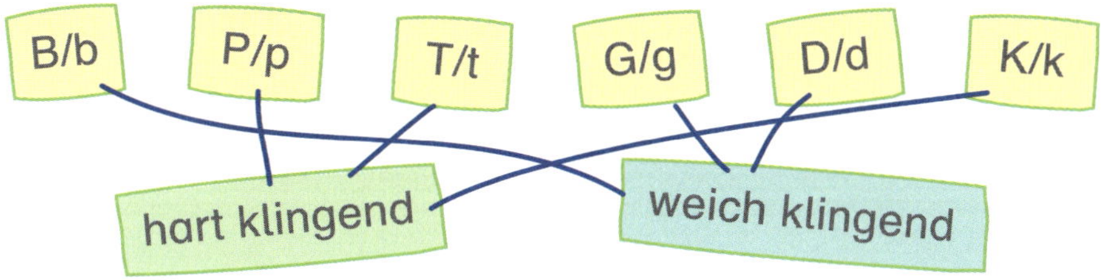

Lösung 23 Für jedes richtige Wort gibt es 1 Punkt.

B/b oder P/p?	D/d oder T/t?	G/g oder K/k?
B lume	T ag	K anne
P umpe	D rache	K orken
B latt	D ach	G locke
B rett	D iktat	G ift

Üben 24 Schreibe die Wörter ab und setze Silbenbögen. Kennzeichne dann, welche Silbe du beim Sprechen betonst ↘ .

duschen duschen

Elefant ....

Regenbogen ....

Stern ....

Feder ....

reden ....

Gartenzwerg ....

Üben 25 Markiere den betonten Selbstlaut.

Tonne	oben	Salat	Telefon	Schulhaus

Der betonte Selbstlaut

Lösung 24 Für jedes Wort mit richtigen Silbenbögen und richtig eingezeichnetem Pfeil gibt es 1 Punkt.

duschen, Elefant, Regenbogen, Stern, Feder, reden, Gartenzwerg

Lösung 25 Für jede richtige Markierung gibt es 1 Punkt.

Tonne   oben   Salat   Telefon   Schulhaus

TIPP

Beim Sprechen wird in jedem Wort immer nur eine Silbe betont. Sie kann am Anfang, in der Mitte oder am Ende des Wortes stehen.

das **U**fer   die Bel**o**hnung   das Geb**e**t

Üben 24 ___ Punkte   Üben 25 ___ Punkte

Üben 26 Welche Geräusche klingen lang —, welche kurz •?

- Föhn —
- ein Luftballon platzt
- ein Glas zerbricht
- Rührgerät
- Hammer
- ein Bus fährt

Üben 27 Zeichne ein, ob der betonte Selbstlaut im Wort kurz • oder lang — ist.

Katze	Schule	flitzen
Kamm	Blatt	Buch
lecken	backen	Hase
Ohr	Spur	Stall

Lange und kurze Selbstlaute unterscheiden

Lösung 26 Für jede richtige Lösung gibt es 1 Punkt.

Föhn	—
ein Luftballon platzt	•
ein Glas zerbricht	•
Rührgerät	—
Hammer	•
ein Bus fährt	—

Lösung 27 Für jede richtige Lösung gibt es 1 Punkt.

Katze (a •)	Schule (u —)	flitzen (i •)
Kamm (a •)	Blatt (a •)	Buch (u —)
lecken (e •)	backen (a •)	Hase (a —)
Ohr (O —)	Spur (u —)	Stall (a •)

Üben 28 Immer zwei Silben ergeben ein Wort. Male sie in der gleichen Farbe an.

Son	pe	Bril	mer	Pup
Som	le	Tel	Hüt	
te	Ses	ler	sel	ne

Üben 29 Schreibe die Wörter aus Üben 28 mit Artikel auf. Kennzeichne den kurzen Selbstlaut mit einem Punkt und markiere den doppelten Mitlaut.

die Sonne, ...

....

....

....

....

Doppelter Mitlaut nach kurzem Selbstlaut

Lösung 28 Für jedes richtige Wort gibt es 1 Punkt.

Son	pe	Bril	mer	Pup
Som	le	Tel	Hüt	
te	Ses	ler	sel	ne

Lösung 29 Für jedes richtig aufgeschriebene und markierte Wort gibt es 2 Punkte.

die Sonne, die Brille, die Puppe, der Sommer,

der Teller, die Hütte, der Sessel

TIPP

Nach kurz gesprochenem Selbstlaut folgen meist mehrere Mitlaute. Es können auch zwei gleiche sein.

Üben 28 ____ Punkte Üben 29 ____ Punkte

Üben 30 Finde die Gegensätze und schreibe sie auf. Ein Spiegel kann dir dabei helfen. Kennzeichne den kurzen Selbstlaut • und markiere die beiden Mitlaute.

stumpf – spitz .... spitz

dünn – .... dick

zuerst – .... zuletzt

sauber – .... schmutzig

frieren – .... schwitzen

rund – .... eckig

traurig – .... glücklich

Kälte – .... Hitze

trödeln – .... hetzen

Doppelter Mitlaut nach kurzem Selbstlaut

Lösung 30 Für jedes richtige Wort mit richtiger Markierung gibt es 2 Punkte.

stumpf – spitz
dünn – dick
zuerst – zuletzt
sauber – schmutzig (oder: dreckig)
frieren – schwitzen
rund – eckig
traurig – glücklich
Kälte – Hitze
trödeln – hetzen

TIPP

Nach kurzem Selbstlaut werden **z** und **k** verdoppelt. Man schreibt jedoch nicht **zz** und **kk**, sondern **tz** und **ck**.

der Wi**tz** le**ck**er

Üben 30 Punkte

Üben 31 Bei diesen Wörtern verlängert das **h** den Selbstlaut. Präge dir die Wörter einer Zeile gut ein, decke sie ab und schreibe sie auswendig auf. Kontrolliere und mache mit der nächsten Zeile weiter.

ohne · sehr · während

....

mehr · ähnlich · ungefähr

....

wohl · fahren · gefährlich

....

fühlen · Lehrer · erzählen

....

Das Dehnungs-h

Lösung 31 Für jedes auswendig richtig aufgeschriebene Wort gibt es 1 Punkt.

Kontrolliere anhand der Wörter auf der Vorderseite.

TIPP

In diesen Wörtern kannst du das **h** nicht hören. Du musst dir die Wörter daher merken und solltest sie immer wieder üben.

Üben 31 Punkte

Üben 32 Schreibe die Wörter zu den Bildern auf.

    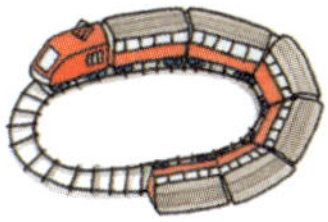

ah: ....

uh: ....

Üben 33 Kreise die Wörter ein, in denen der Selbstlaut durch ein **h** lang gemacht wird. Schreibe sie dann auf.

L	E	H	R	E	R	I	N
O	H	Z	R	Z	O	Ä	W
H	R	Y	Z	A	H	L	V
N	E	F	A	H	R	E	N

....

....

....

Das Dehnungs-h

Lösung 32 Für jedes richtige Wort gibt es 1 Punkt.

ah: Fahrrad, Fahne, Bahn (oder: Eisenbahn)
uh: Uhr, Stuhl

Lösung 33 Für jedes richtige Wort gibt es 1 Punkt.

L	E	H	R	E	R	I	N
O	H	Z	R	Z	O	Ä	W
H	R	Y	Z	A	H	L	V
N	E	F	A	H	R	E	N

Lehrerin, Lohn, Ehre, Rohr, Zahl, fahren

Üben 34 Trage die gesuchten Wörter in das Rätsel ein. Sie haben alle einen doppelten Selbstlaut.

1. Ein Getränk, das mit heißem Wasser aufgebrüht wird.
2. Zwei, die zusammengehören, nennt man ein …
3. Sie können schwarz, braun, blond, rot oder grau sein.
4. Er ist kalt, weiß und fällt im Winter.
5. Wenn du etwas nicht gut findest, findest du es …
6. Das Gegenteil von voll.
7. Einen guten Einfall nennt man auch eine gute …

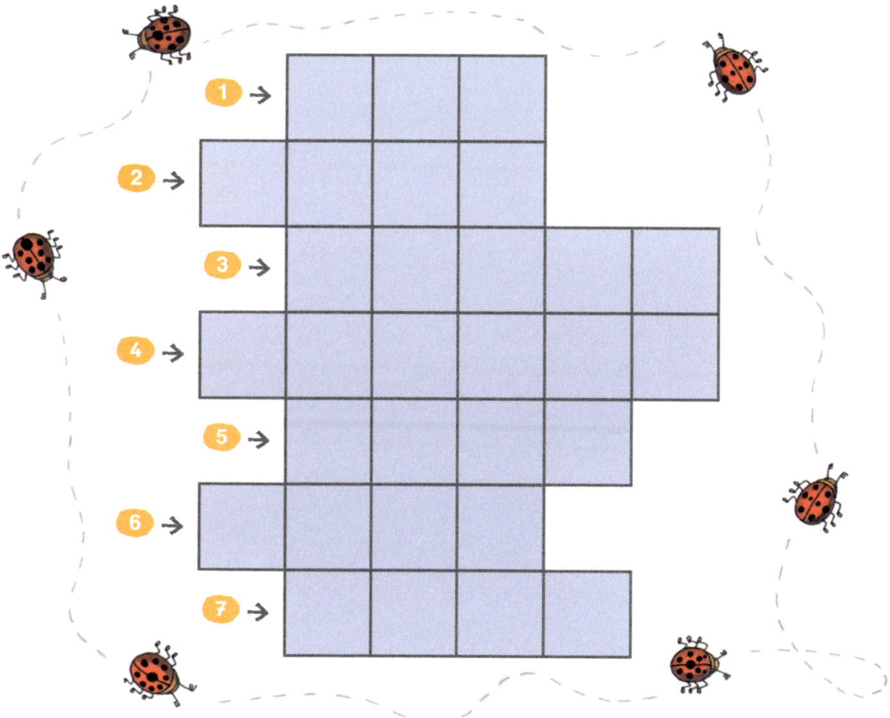

Lange Selbstlaute: aa, ee und oo

Lösung 34 Für jedes richtige Wort gibt es 1 Punkt.

1 →		T	E	E		
2 →	P	A	A	R		
3 →		H	A	A	R	E
4 →	S	C	H	N	E	E
5 →		D	O	O	F	
6 →	L	E	E	R		
7 →		I	D	E	E	

TIPP

In manchen Wörtern wird der Selbstlaut gedehnt, indem er verdoppelt wird. Es gibt nur wenige dieser Wörter. Präge sie dir gut ein.

Staat   Fee   doof

Üben 35 Trage **aa**, **ee** oder **oo** in die Lücken ein.
Schreibe die Wörter dann auf.

S_ _l S_ _ Z_ _

Kl_ _

B_ _t

M_ _s

P_ _r M_ _r

Schn_ _ Kaff_ _ H_ _r

Lange Selbstlaute: aa, ee und oo

Lösung 35 Für jedes richtige Wort gibt es 1 Punkt.

S**aa**l, S**ee**, Z**oo**, Kl**ee**, B**oo**t (oder: B**ee**t), M**oo**s, P**aa**r, M**oo**r (oder: M**ee**r), Schn**ee**, Kaff**ee**, H**aa**r (oder: H**ee**r)

Üben 35 ___ Punkte

Üben 36 In jeder Reihe passt ein Wort nicht.
Streiche es durch.

sie nie wie wir

Miene Schiene Kind Biene

Wind Dieb Sieb lieb

schießen gießen finden fließen

Üben 37 Schreibe die Reimwörter aus Üben 36 auf.
Kreise **ie** ein.

sie, ...

....

....

....

Lange Selbstlaute: ie

Lösung 36 Für jedes gefundene Wort gibt es 1 Punkt.

Reihe 1: wir Reihe 2: Kind
Reihe 3: Wind Reihe 4: finden

Lösung 37 Für jede Reimgruppe ohne Fehler und mit Einkreisungen gibt es 1 Punkt.

sie, nie, wie
Miene, Schiene, Biene
Dieb, Sieb, lieb
schießen, gießen, fließen

TIPP

Einen lang gesprochenen i-Laut schreibt man meistens mit ie.

nie **nie**sen

Üben 38 Baue Nomen mit dem Wortbaustein **el**.
Schreibe sie mit Artikel auf.

Tromm
Zipf
Stief
Löff
Stap
Taf
Ins

el

die Trommel
....
....
....
....
....
....

Üben 39 Schreibe zu den Bildern Nomen mit der Endung **el** auf.

....

Nomen-Endung el

Lösung 38 Für jedes richtige Wort gibt es 1 Punkt.

die Trommel, der Zipfel, der Stiefel, der Löffel,
der Stapel, die Tafel, die Insel

Lösung 39 Für jedes richtige Wort gibt es 1 Punkt.

Äpfel, Igel, Stempel

TIPP

Nomen enden oft mit dem Wortbaustein **el**.
Sprich beim Schreiben deutlich mit, damit du jeden Buchstaben hörst und keinen vergisst.

die Amp**el**   der Mant**el**

Üben 38 ___ Punkte   Üben 39 ___ Punkte

Üben **40** Schreibe die Wörter auf. Achte auf den Wortbaustein **er** am Ende des Wortes.
Sprich deutlich mit, denn ein Wort endet mit **ar**!

der S......................

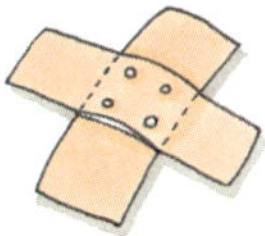

das Pf......................

die F......................

das D......................

der B......................

der V......................

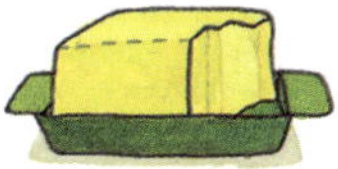

die B......................

das W......................

Lösung 40 Für jedes richtige Wort gibt es 1 Punkt.

der Sieger, das Pflaster, die Feder, das Dromedar, der Bagger, der Vater, die Butter, das Wetter

TIPP

Nomen enden oft mit dem Wortbaustein **er**.
Sprich beim Schreiben deutlich mit, damit du jeden Buchstaben hörst und keinen vergisst.

der Vat**er** der Brud**er**

Üben 41

Verbinde die Wortbausteine miteinander und trage die Verbformen dann in die Tabelle ein. Gib bei der Verbindung mit **st** besonders acht!

renn — en / st / t

strick — en / st / t

steig — en / st / t

wink — en / st / t

Grundform	du-Form	er/sie/es-Form
rennen	rennst	

Verb-Endungen: st und t

Lösung 41 Für jede richtige Verbform in der Tabelle gibt es 1 Punkt.

Grundform	du-Form	er/sie/es-Form
rennen	rennst	rennt
stricken	strickst	strickt
steigen	steigst	steigt
winken	winkst	winkt

TIPP

Überprüfe die Verben in der du-Form genau.
Beim Schreiben der Endung **st** können sich leicht Fehler einschleichen.

Üben 42 Setze die Wörter mit dem Wortbaustein **Vor/vor** passend in die Lücken ein.

Vor
- hang
- führung
- schlag
- freude

vor
- gekommen
- züglich

Die Kinder wollen eine ....
machen. Der .... öffnet sich.
Die .... ist groß! Oft ist
es ...., dass die Kinder
zu leise sprechen. Die Lehrerin hat den
.... gemacht, ein Mikrofon
zu benutzen. Alles klappt ....

Wortbaustein: Vor/vor

Lösung 42 Für jedes richtig eingesetzte Wort gibt es 1 Punkt.

Die Kinder wollen eine **Vorführung** machen. Der **Vorhang** öffnet sich. Die **Vorfreude** ist groß! Oft ist es **vorgekommen**, dass die Kinder zu leise sprechen. Die Lehrerin hat den **Vorschlag** gemacht, ein Mikrofon zu benutzen. Alles klappt **vorzüglich**.

TIPP

Wörter mit den Wortbausteinen **Vor/vor** oder **Ver/ver** klingen am Anfang wie (f). Man schreibt sie aber mit **V/v**.

die **Vor**sicht — **vor**tragen
die **Ver**sicherung — **ver**handeln

Üben 43 Im Wörtergitter findest du Wörter mit dem Wortbaustein **Ver/ver**. Kreise sie ein und schreibe sie auf.

S	A	V	E	R	K	E	H	R	W
C	V	E	R	L	I	E	R	E	N
E	C	V	E	R	S	T	E	C	K
B	V	E	R	B	A	N	D	G	W
V	E	R	L	I	E	B	E	N	T
T	V	E	R	T	E	I	L	E	N

Ver: .... ver: verlieren

....

....

Wortbaustein: Ver/ver

Wortbaustein: Ver/ver

Lösung 43 Für jedes richtige Wort gibt es 1 Punkt.

S	A	V	E	R	K	E	H	R	W
C	V	E	R	L	I	E	R	E	N
E	C	V	E	R	S	T	E	C	K
B	V	E	R	B	A	N	D	G	W
V	E	R	L	I	E	B	E	N	T
T	V	E	R	T	E	I	L	E	N

Ver: Verkehr, Versteck, Verband

ver: verlieren, verlieben, verteilen

Üben 43 ___ Punkte

Üben 44 Errate die folgenden Nomen. Schreibe sie auf.

Ich sehe was, was du nicht siehst …

… und das ist gelb und rund: der ....

… und davon gibt es 12 Stück: die ....

… und das ist gelb und duftet: die ....

… nämlich das Gefühl im Gesicht des Kindes,

das Roller fährt.

die ....

Großschreibung von Nomen

Lösung 44 Für jedes richtige Wort gibt es 1 Punkt.

der Ball
die Menschen
die Blume
die Freude (oder: die Zufriedenheit)

TIPP

Die meisten Wörter der deutschen Sprache werden kleingeschrieben. Nomen werden aber großgeschrieben.
Du kannst verschiedene Proben durchführen, um ein Nomen zu erkennen.
Nomen-Probe 1: Prüfe, ob du es sehen, anfassen, zählen oder haben kannst.
das **H**aus   das **H**alsweh

Üben 45 Entscheide, ob das Wort ein Nomen ist, und kreuze an. Prüfe dazu bei jedem Wort, ob du einen Artikel davorstellen kannst.

	Nomen	kein Nomen
ZWISCHEN		
ANGST		
LUFT		
DICK		
RENNAUTO		
LECKER		

Schreibe die Nomen mit Artikel auf.

....

....

Großschreibung von Nomen

Lösung 45 Für jedes richtige Kreuz gibt es 1 Punkt. Für richtig aufgeschriebene Nomen gibt es auch 1 Punkt.

	Nomen	kein Nomen	
ZWISCHEN		X	
ANGST	X		die Angst
LUFT	X		die Luft
DICK		X	
RENNAUTO	X		das Rennauto
LECKER		X	

TIPP

Nomen-Probe 2: Prüfe, ob du einen Artikel vor das Wort stellen kannst.

Üben 46 Erkennst du alle Nomen? Prüfe, ob du die Mehrzahl bilden kannst, und schreibe sie auf. Streiche die Wörter, die keine Nomen sind, durch.

BAGGER GESTREIFT BILD

GESCHENK

WOLKIG STUHL

VERIRREN

AMEISE BADEWANNE

viele Bagger, ...

....

....

Wie viele Nomen sind es?

Großschreibung von Nomen

Lösung 46 Für jedes Nomen gibt es 1 Punkt.

viele Bagger, viele Bilder, viele Stühle, viele Geschenke, viele Ameisen, viele Badewannen

Wie viele Nomen sind es? 6

TIPP

Ein Merkmal von Nomen ist es, dass sie meistens in der Einzahl und der Mehrzahl vorkommen können.

Nomen-Probe 3: Prüfe, ob du die Einzahl oder die Mehrzahl bilden kannst.

Üben 47 Welche Nomen stecken in diesen zusammengesetzten Wörtern? Trenne sie ab und schreibe sie mit Artikel auf.

die Schnee|ballschlacht: der Schnee, ……………………

……………………………………………………………

der Briefkastenschlüssel: ……………………………

……………………………………………………………

das Pausenbrot: ……………………………

……………………………………………………………

Üben 48 Setze die beiden Nomen zusammen.

 + 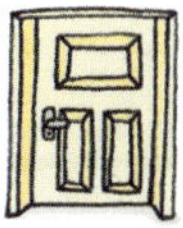

die ……………………………………………………

Lösung 47 Für jedes richtige Wort mit Artikel gibt es 1 Punkt.

die Schnee|ball|schlacht: der Schnee, der Ball, die Schlacht
der Brief|kasten|schlüssel: der Brief, der Kasten, der Schlüssel
das Pausen|brot: die Pause, das Brot

Lösung 48 Für das richtige Wort gibt es 1 Punkt.

die Haustür

Üben 49 Markiere im Text alle 12 Nomen. Wende verschiedene Nomen-Proben an. Schreibe die Nomen dann unten mit Artikel auf.

VIELE KINDER WÜNSCHEN SICH EIN HAUSTIER, FÜR DAS SIE SORGEN KÖNNEN. SEHR BELIEBT SIND HUNDE, HASEN, KATZEN ODER HAMSTER. IN DEN FERIEN MÜSSEN DIE TIERE ABER AUCH VERSORGT WERDEN, DENN SIE HABEN DURST UND HUNGER. UND EIN HUND BRAUCHT VIEL BEWEGUNG.

....

....

....

....

....

Großschreibung von Nomen

Lösung 49 Für jedes richtig aufgeschriebene Nomen mit Artikel gibt es 1 Punkt.

die Kinder, das Haustier, die Hunde, die Hasen, die Katzen, die Hamster, die Ferien, die Tiere, der Durst, der Hunger, der Hund, die Bewegung

TIPP

Erinnere dich an die drei Proben zum Erkennen von Nomen:

1. Kannst du das Wort sehen, anfassen, zählen oder haben?
2. Kannst du einen Artikel vor das Wort stellen?
3. Kannst du die Einzahl oder die Mehrzahl bilden?

Üben 50 Finde jeweils zwei Sätze. Schreibe sie auf und setze die richtigen Satzzeichen. Markiere den Satzanfang.

WO SIND NUR TIMS TURNSCHUHE ER WILL ZUM TRAINING

....

....

TIM SUCHT ÜBERALL ENDLICH FINDET ER DIE SCHUHE

....

....

JETZT ABER SCHNELL FAST WÄRE TIM ZU SPÄT GEKOMMEN

....

....

....

Der Satzanfang

Lösung 50 Für jeden richtigen Satz mit Markierung gibt es 1 Punkt.

Wo sind nur Tims Turnschuhe? Er will zum Training.
Tim sucht überall. Endlich findet er die Schuhe.
Jetzt aber schnell! Fast wäre Tim zu spät gekommen.

TIPP

Das erste Wort in einem Satz musst du immer großschreiben. Nach einem Punkt, Ausrufezeichen oder Fragezeichen schreibst du groß weiter.

Üben 50 ☐ Punkte

Üben 51 Kreuze an, wie du nach den folgenden Satzzeichen schreibst. Setze dann die fehlenden Buchstaben ein.

	groß	klein	
?	☐	☐	Was soll Eva bloß machen? ___er Reifen ist platt.
!	☐	☐	Plötzlich hat sie eine Idee! ___estimmt kann Peter ihr helfen.
,	☐	☐	Eva lacht, ___ennt nach Hause und ruft Peter an.
.	☐	☐	Aber Peter hat keine Zeit. ___r muss auf seinen Bruder aufpassen.

Lösung 51 Für jedes richtige Kreuz und den richtigen eingesetzten Buchstaben gibt es 1 Punkt.

	groß	klein	
?	X		Was soll Eva bloß machen? D er Reifen ist platt.
!	X		Plötzlich hat sie eine Idee! B estimmt kann Peter ihr helfen.
,		X	Eva lacht, r ennt nach Hause und ruft Peter an.
.	X		Aber Peter hat keine Zeit. E r muss auf seinen Bruder aufpassen.

Üben 51 ☐ **Punkte**

Trage hier ein, wie viele Punkte du bei den Übungen erreicht hast und ob die Aufgaben für dich leicht ☺ oder schwer ☹ waren.

Grundwissen	Punktzahl	Erreichbare Punktzahl	☺	☹
Üben 1		2		
Üben 2		7		
Üben 3		6		
Üben 4		4		
Üben 5		5		
Üben 6		5		
Üben 7		5		
Üben 8		5		
Üben 9		17		
Üben 10		4		
Gesamtpunktzahl		60		

Laute, Buchstaben und Wörter	Punktzahl	Erreichbare Punktzahl	☺	☹
Üben 11		13		
Üben 12		8		
Üben 13		9		
Üben 14		9		
Üben 15		6		
Üben 16		6		
Üben 17		7		

Trainingsergebnisse

Trainingsergebnisse

Üben 18		5		
Üben 19		4		
Üben 20		8		
Üben 21		8		
Üben 22		5		
Üben 23		12		
Gesamtpunktzahl		100		

Lange und kurze Selbstlaute	Punktzahl	Erreichbare Punktzahl	☺	☹
Üben 24		6		
Üben 25		4		
Üben 26		5		
Üben 27		10		
Üben 28		7		
Üben 29		12		
Üben 30		16		
Üben 31		12		
Üben 32		5		
Üben 33		6		
Üben 34		7		
Üben 35		11		
Üben 36		4		
Üben 37		4		
Gesamtpunktzahl		109		

Wortbausteine	Punktzahl	Erreichbare Punktzahl	☺	☹
Üben 38		6		
Üben 39		3		
Üben 40		8		
Üben 41		10		
Üben 42		6		
Üben 43		5		
Gesamtpunktzahl		38		

Groß- und Kleinschreibung	Punktzahl	Erreichbare Punktzahl	☺	☹
Üben 44		4		
Üben 45		9		
Üben 46		5		
Üben 47		7		
Üben 48		1		
Üben 49		12		
Üben 50		6		
Üben 51		4		
Gesamtpunktzahl		48		

Endergebnis: .... von 355 erreichbaren Punkten.

Trainingsergebnisse

bis 150 Punkte: Prima, dass du alle Aufgaben bearbeitet und so fleißig trainiert hast! Du solltest jedoch noch weiter üben, um sicherer im Rechtschreiben zu werden. Das Buch „Einfach klasse in Deutsch – 2. Klasse“ kann dir helfen: Dort findest du im Kapitel „Richtig schreiben“ viele Übungen.

151 bis 250 Punkte: Du hast vieles richtig gemacht und toll durchgehalten! Wenn du weiter regelmäßig trainierst, kannst du zu einem richtigen Rechtschreibprofi werden! Dazu solltest du dir die Aufgaben nochmals genau ansehen, bei denen du in den Trainingsergebnissen dieses Zeichen angekreuzt hast: ☹.

251 bis 355 Punkte: Herzlichen Glückwunsch! Du bist fit im Rechtschreiben! Nun ist es wichtig, dass du durch regelmäßiges Training deine gute Form hältst: Suche dir für die Freiarbeit in der Schule oder zum Üben zu Hause immer wieder Rechtschreibaufgaben aus.

Als Belohnung fürs Durchhalten darfst du dir die Medaille auf der nächsten Seite ausschneiden!

Du hast es geschafft!

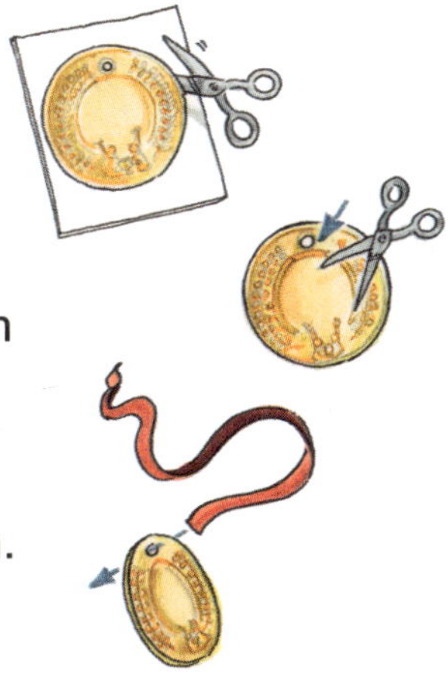

Trenne das Blatt heraus und schneide die Medaille aus.

Stich oder schneide ein Loch in den kleinen Kreis oben.

Ziehe ein Band durch das Loch.